الوَحْشُ الخَطيرُ
تَحْتَ السَّرير

بقلم: كيفن داير
بريشة: ساره هورن

Collins

الشَّخْصِيّات

عَدْنان

ماما

مُخْتار

«كَروان» الوَحْش

والِدُ الوَحْش

فَيْروزة

حَمْدان

الآنِسَةُ لَميس إدريس

المَشهَدُ الأَوَّلُ: غُرفةُ نَومِ عَدْنان

(عَدْنانُ نائِمٌ. المُنَبِّهُ يَرِنّ. تَدخُلُ ماما.)

ماما: هَيَّا يا عَدْنان. اِسْتَيْقِظْ.

عَدْنان: أنا مَريضٌ اليَوم. أَنَبْقَى في البيت؟

ماما: لا. أنا سأذهَبُ إلى عَمَلي، وأنتَ سَتذهَبُ إلى مَدرَسَتِكَ.

عَدْنان: (بِصَوتٍ أَجَشَّ) آهِ! حَلْقي.

ماما: (تَنْظُرُ إلى فَمِهِ) يَبدو لي أنّ كلَّ شَيءٍ على ما يُرام.

عَدْنان: سَريري مُنْتَفِخ. يَبْدو أنّ هناك شَيئًا ما تحتَ السَّرير. رُبَّما كانَ وَحْشًا خَطيرًا أو شَيئًا من هذا القَبيل.

ماما: أَخْطَرُ ما في هذه الغُرفةِ الآن، هو أنا! اِلْبِسْ مَلابِسَكَ، وتَناوَلْ إفْطارَكَ. (تُعْطيهِ صَحنًا من حُبوبِ الفُطور.) سَأَعُدُّ حَتَّى رَقْمِ ٦٠، وإنْ لَمْ تَكُنْ حينَها جاهِزًا تَمامًا، فَسَتكونُ هناك عَواقِبُ وَخيمَة! (تُغادِرُ ماما الغُرفة.)

(يَضَعُ عَدْنانُ الصَّحْنَ على الأَرض. تَمْتَدُّ ذِراعٌ من تحتِ السَّريرِ، وتَقْبِضُ على الصَّحنِ.)

عَدْنان: هه!؟

(يَخْتَفي الصَّحْنُ تحتَ السَّريرِ.)

عَدْنان: أَعْطِني صَحْني!

(صَوتُ مَضْغٍ وقَرْمَشَةٍ يَصْدُرُ من تحتِ السَّريرِ. يَتَدَحْرَجُ الصَّحْنُ، فارِغًا، من تحتِ السَّريرِ.)

عَدْنان: أينَ فُطوري؟!

الوَحْش: (صَوتٌ يَصْدُرُ من تحتِ السَّريرِ.)
اِنْتَهى! بَطْني!

عَدْنان: اُخْرُجْ فَوْرًا!

(يَتَدَحْرَجُ الوَحْشُ خارِجًا من تحتِ السَّريرِ.)

عَدْنان: مَن أنتَ؟ ما أنتَ؟ هل أنتَ ... الّذي ... تحتَ الـ...

الوَحْش: سَرير.

عَدْنان: أنتَ أكَلْتَ فُطوري!

ماما: (صَوتٌ يَصْدُرُ من خارِجِ الغُرفة) هل أنتَ جاهِزٌ يا عَدْنان؟

الوَحْش: ماما ... اليَوم ... مُخِيفة ...

عَدْنان: نعم، لأنَّ أبي سافَرَ.

الوَحْش: أنتَ سَتذهَبُ إلى المَدرَسةِ، وأنا سَألعَبُ بِلُعْبَتي.

عَدْنان: ماذا؟ هذه لُعْبَتي أنا! أنا لَنْ أذهَبَ إلى المَدرَسةِ اليَوم، لأنَّ مُخْتارًا سَرَقَ مِنْظاري المُقَرِّب. أبي أَعْطاني هذا المِنْظارَ المُقَرِّبَ قبلَ أن يُسافِر. أخذْتُهُ مَعي إلى المَدرَسةِ، وسَرَقَهُ مُخْتار.

الوَحْش: هل مُخْتارٌ أضْخَمُ مِنْكَ؟

عَدْنان: نعم.

الوَحْش: هل مُخْتارٌ أضْخَمُ مِنّي؟

عَدْنان: لا.

الوَحْش: لا تَذهَبْ أنتَ. سَأذهَبُ أنا إلى المَدرَسةِ، سَأستَرْجِعُ المِنظارَ المُقَرِّب، وسآكُلُ مُخْتارًا.

عَدْنان: سَتَضَعُكَ "الآنِسَةُ لَميس" في رُكْنِ الأولادِ المُشاغِبينَ.

الوَحْش: غيرُ مُهِمّ.

(يَبدَأُ الوَحْشُ بِارْتداءِ مَلابِسِ عَدْنان.)

الوَحْش: يَقولُ أبي إنَّ الأشْرارَ يُؤْكَلونَ. (بِقَلَقٍ) ولكنَّ أبي مَريضٌ وجَوعان. أنا لَمْ أرَ مَدرَسةً في حَياتي. هل هي مُخيفة؟

عَدْنان: تُحِبُّ الأُستاذَةُ لَميس إدريس أن نُناديَها "الآنِسَةُ لَميس". قبلَ أن تَتَكَلَّمَ، يَجِبُ أن تَرْفَعَ يَدَكَ، ويَجِبُ أن تَشْتَرِكَ مع الآخَرينَ في اللَّعِب.

(تَدخُلُ ماما، وتُمْسِكُ بِذِراعِ الوَحْش.)

ماما: هَيّا يا عَدْنان. حانَ وَقْتُ المَدرَسة.

(تَخرُجُ ماما وهي تَجْذِبُ الوَحْش.)

٦

(يَنظُرُ عَدْنانُ تحتَ السَّرير.)

عَدْنان: لا شَيءَ هُنا. لا شيءَ على الإطْلاق.

(فَجْأَةً، تَمْتَدُّ ذِراعٌ طَويلَةٌ من تحتِ السَّريرِ، وتَقْبِضُ على ساقِ عَدْنان.)

عَدْنان: آآآآآآه!؟ ماذا تُريدُ مِنّي؟

(صَوتٌ يَصْدُرُ من تحتِ السَّرير.)

والِدُ الوَحْش: أنا جَوعان!

(يَجْذِبُهُ تحتَ السَّرير.)

المَشْهَدُ الثّاني: في المَدرَسة

(الوَحْشُ يَجْري. الآنِسَةُ لَميس تُناديهِ.)

لَميس: عَدْنان! تَعالَ إلى هنا! فَوْرًا!

الوَحْش: هل أنتِ مُخْتار؟

لَميس: مُخْتار؟ هل أنا أُشْبِهُ مُخْتارًا؟!

الوَحْش: لا! لا! أنا آسِفٌ، يا آنِسَة. كانَتْ هناك حَبَّةُ رَمْلٍ في عَيني. آسِفٌ يا آنِسَة، لَمْ أفْتَحْ عَيني جَيِّدًا.

لَميس: حَبَّةُ الرَّمْلِ لَمْ تَمْنَعْكَ عنِ الجَرْيِ في المَمَرَّاتِ، أليسَ كذلك؟

الوَحْش: لا، يا آنِسَة.

لَميس: وماذا يَحدُثُ للأولادِ الّذينَ يَجْرونَ في المَمَرَّاتِ، يا عَدْنان؟

(الوَحْشُ يُفَكِّرُ قَليلًا.)

الوَحْش: يُؤكَلونَ، يا آنِسَة؟

لَميس: لا داعِيَ للسَّخافَةِ، يا عَدْنان. حانَ مَوعِدُ دَرْسِ الرَّقْصِ. اِذْهَبْ! يَجِبُ أن تَسْتَعِدَّ لِلدَّرْسِ مَعَ شَريك.

٨

(يَستَعِدُّ الصَّفُّ للدَّرْس. الوَحْشُ يُمْسِكُ بحَمْدان.)

الوَحْش: هل أنتَ مُخْتار؟

حَمْدان: أنا حَمْدان، يا أبْلَه!

الوَحْش: أنتَ «حَمْدان يا أبْلَه»؟ اِسْمُكَ «حَمْدان يا أبْلَه»؟

حَمْدان: أنتَ غَريبُ الأَطْوارِ اليوم، يا عَدْنان. نَظّارَتُكَ عَجيبةٌ، وتَفُوحُ مِنْكَ رائحَةُ خَليطٍ منَ الأَتْرِبَةِ القديمة.

(يَخْطُفُ حَمْدانُ نَظّارَةَ عَدْنانَ من فَوقِ أَنفِ الوَحْش.)

حَمْدان: اِنْتَظِرْ لَحْظة! أنتَ لَسْتَ عَدْنان! أنتَ... أنتَ الـ...

(يَنْتَزِعُ الوَحْشُ النَّظّارَةَ من حَمْدان، ويَنْفُخُ فِيهِ، فَيَطيرُ حَمْدانُ في الهَواءِ، ثمّ يَهوي على الأَرضِ.)

فَيْروزة: ماذا حَدَثَ لِحَمْدان؟

الوَحْش: لا أعْرِف. هل أنتِ مُخْتار؟

فَيْروزة: لا يا أبْلَه.

الوَحْش: أينَ مُخْتار؟

فَيْروزة: في عِيادَةِ الطَّبيب. سَيَعودُ بعدَ قَليل.

لَميس: اِنْتَبِهوا جَميعًا! اِسْتَمِعوا إلى الموسيقى، وتَمايَلوا معَ الإيقاع، كَأنَّكم أوْراقُ شَجَرةٍ تَتَمايَلُ معَ نَسَماتِ الرَّبيع.

(يُحاوِلُ الوَحْشُ أن يَتَمايَلَ كَأنَّهُ وَرَقَةُ شَجَرةٍ تَتَمايَلُ معَ نَسَماتِ الرَّبيع، إلّا أنَّ حَرَكاتِه تَكادُ تَكونُ أقْرَبَ إلى عاصِفةٍ هَوْجاء. حاوَلَتْ فَيروزةُ أن تُقَلِّدَهُ، ولكنَّها فَشِلَتْ تَمامًا.)

١٠

المَشهَدُ الثّالِثُ: تحتَ السَّرير

والِدُ الوَحْش: ماذا فَعَلْتَ بابني؟ هل أَكَلْتَهُ؟

عَدْنان: لا. إنَّهُ صَديقي.

والِدُ الوَحْش: كَذّاب! الوُحوشُ الخَطيرةُ لا تَعرِفُ الصَّداقة. أنتَ أَكَلْتَهُ على الفُطور.

عَدْنان: لا. لا. اِبْنُكَ ذَهَبَ إلى مَدرَستي لِيَأكُلَ مُختارًا.

والِدُ الوَحْش: كَذّاب! كَذّاب! أنا أَسناني حادَّةٌ، وأكبرُ من أسنانِ التَّماسيح. أنتَ سَرَقْتَ ابني وأَكَلْتَهُ، والآن أنا سَآكُلُكَ.

عَدْنان: (يَصيح) النَّجْدَة! النَّجْدَة! ساعِدوني!

والِدُ الوَحْش: لَن يَسْمَعَكَ أحَد. والآن، حانَ وَقتُ الفُطور.

عَدْنان: لا تَأكُلْني، أرجوك!

والِدُ الوَحْش: أنا جَوْعانُ، وحَجْمي ضَخْم. في مِثلِ هذا الوَقتِ، من كلِّ يَومٍ، يَفتَحُ ابني الثَّلّاجَةَ لِيُحضِرَ وَليمَةً نَلتَهِمُها مَعًا.

عَدْنان: مِنَ المُمْكِنُ أَنْ أَذْهَبَ أَنَا اليومَ لِأَفْتَحَ الثَّلَّاجَةِ.

والِدُ الوَحْش: لا، أَنْتَ لَنْ تَتْرُكَ هذا المكانَ، لِأَنَّكَ لو ذَهَبْتَ، فَلَنْ تَعود.

عَدْنان: لا، لا، سَأَعودُ بِكُلِّ تأكيد. سَأُحْضِرُ مَعي بَعضَ السُّجُقِّ الدَّسِمِ، الدُّهنِيِّ، الغَليظِ. ماما اشتَرَتْهُ مُنذُ يَومٍ أَو يَومَيْنِ.

والِدُ الوَحْش: (بِحَماسٍ) أَنَا أَعْشَقُ السُّجُقَّ الدَّسِمَ، الدُّهنِيَّ، الغَليظَ.

عَدْنان: نعم، هذا السُّجُقُّ طَرِيٌّ، وغَضٌّ، وسَأُحْضِرُ مَعي صَحنًا من حُبوبِ الفُطور، وزُجاجةً مِنَ الحَليبِ الباردِ، وكذلك بَعضَ المُرَبَّى، والخُبزَ المُحَمَّصَ، واللَّبَنَ و... و... وكلَّ ما تُريد. سَأُحْضِرُ مَعي وَليمةً، وَسنَلْتَهِمُها مَعًا.

والِدُ الوَحْش: سَتُحْضِرُ كلَّ هذا الطَّعامِ وتَرْجِعُ؟ عِدني بِأَنَّكَ لن تَهْرُبَ.

عَدْنان: أَعِدُكَ أَنَّني سَأَعودُ، لو وَعَدْتَني أَنتَ أَنَّكَ لَنْ تَأْكُلَني بعدَ أَن أَعود!

والِدُ الوَحْش: حَسَنًا. وَعْدٌ مُتبادَلٌ. في الحَقيقةِ، أَنَا لا أُحِبُّ أَكْلَ الأَطفالِ كثيرًا. أَفَضِّلُ السُّجُقَّ، وعَصيرَ البُرتُقال، خُصوصًا العَصيرَ الَّذي يَحْتوي على اللُّبِّ، فهو الأَلَذُّ.

(يَبْتَسِمُ لِعَدْنان. عَدْنان يَخْرُجُ من تحتِ السَّريرِ.)

المَشْهَدُ الرّابِعُ: المَدرَسة

(يَمُرُّ الوَحْشُ بِصَباحٍ عَصيب. تُقَرِّرُ الآنِسَةُ لَميس إدريس أن تَتَحَدَّثَ مَعَهُ فيما يَخُصُّ أداءَهُ.)

لَميس: عَدْنان... بِالنِّسْبَةِ إلى ما حَدَثَ في دَرْسِ الرَّقْصِ، كُنْتُ...

الوَحْش: أنا آسِفٌ يا آنِسَة.

لَميس: وأيضًا يا عَدْنان... بِالنِّسْبَةِ إلى ما حَدَثَ أثناءَ دَرْسِ الرِّياضِيّاتِ، في الحَقيقةِ أنا...

الوَحْش: أنا آسِفٌ يا آنِسَة. لَمْ أقْصِدْ أن أغْرِزَ الفَراجيرَ في السَّقف.

لَميس: وبِالنِّسْبَةِ إلى ما حَدَثَ في مَعْمَلِ العُلومِ، أنا كُنْتُ...

الوَحْش: هذا الانْفِجارُ لَمْ يَكُنْ مُتَعَمَّدًا، يا آنِسَة.

لَميس: عَدْنان، أنا لَسْتُ راضِيَةً أبَدًا عن هذا الأَداء.

١٣

الوَحْش: أنا سَآخُذُ بَعضَ النُّقودِ من حَصّالةِ عَدْنانَ لِأَدْفَعَ ثَمَنَ البابِ الجَديد.

لَميس: هل أنتَ على ما يُرامُ اليومَ يا عَدْنان؟ أنا أَعْرِفُ أنَّ والِدَكَ سافَرَ اليوم، ورُبَّما تَفْتَقِدُهُ... هل أنتَ بِخَير؟

الوَحْش: سَأَتَحَسَّنُ كثيرًا حينَ يَعودُ مُخْتارٌ، يا آنِسَة.

لَميس: طَبعًا، طَبعًا يا عَدْنان. نَحنُ نَعرِفُ القيمةَ الحَقيقيَّةَ لِأَصدِقائنا حينَ نَمُرُّ بِوَقتٍ عَصيبٍ، أَليسَ كذلك؟ لا تَقْلَقْ، سَيَعودُ مُخْتارٌ بعدَ قَليل. سَيَكونُ هنا وَقتَ الغَداء.

(تُغادِرُ الآنِسَةُ لَميس الغُرفة.)

الوَحْش: وَقتُ الغَداء؟ نعم! مُخْتارٌ هو الغَداء! هَمْ! هَمْ!

المَشهَدُ الخامِسُ: تحتَ السَّرير

والِدُ الوَحْش: أنا وابني «كَروان» كُنّا سَنلهو مَعًا بِلُعْبَتِنا، لُعْبةِ الصُّوَرِ المُفَكَّكَةِ. أتَعرِفُها؟

عَدْنان: طَبعًا أعرِفُها. إنَّها، في واقِعِ الأَمرِ، لُعْبَتي أنا.

والِدُ الوَحْش: ولُعْبَتُنا نَحنُ أيضًا! نَحنُ نَلعَبُ بِكلِّ لُعَبِكَ بعدَ أن تَذهَبَ إلى المَدرَسةِ، نَلعَبُ بالقِطارِ، والسَّيّاراتِ، وكلِّ شَيء. بعدَ ذلك، نُعيدُ كلَّ شَيءٍ إلى مَكانِهِ، حَتّى لا تَعرِفَ أنّنا هنا.

عَدْنان: عُمومًا، لُعْبةُ الصُّوَرِ المُفَكَّكَةِ لُعْبةٌ غَبِيَّة. ضاعَتْ مِنها قِطعة. المَفْروضُ أن تكونَ ١٠٠ قِطعةٍ، ولكِن ضاعَتْ مِنها قِطعة. لُعْبةٌ غَبِيَّة.

والِدُ الوَحْش: لَحْظَةً واحِدة!

(يُفَتِّشُ والِدُ الوَحْشِ في تَلٍّ مِنَ المُخَلَّفاتِ المُكَوَّمَةِ تحتَ السَّريرِ إلى أن يَعْثُرَ على قِطعةٍ مِنَ اللُّعْبة.)

والِدُ الوَحْش: انْظُرْ! لُعْبَتُكَ لَيسَتْ في غَباءِ لُعْبَتِنا. نَحنُ عِندَنا قِطعةٌ واحِدةٌ، وضاعَ مِنّا ٩٩ قِطعة!!

عَدْنان: إنَّها القِطعَةُ الضّائعَةُ مِن لُعْبَتي!

(يَأتي عَدْنانُ بِالقِطَعِ الأُخْرى لِيَلْعَبا مَعًا.)

عَدْنان: أنتَ ذَكَرْتَ «كَرَوان». هل هذا هو اسمُ ابنِكَ؟ أنا لَمْ أكُنْ أعرِفُ ذلك.

والِدُ الوَحْش: نَحنُ أيضًا لَنا أَسْماء!

عَدْنان: ما اسْمُكَ؟

والِدُ الوَحْش: لَنْ أَقول.

عَدْنان: قُلْ، قُلْ. أنتَ تَعرِفُ اسمي.

والِدُ الوَحْش: لو قُلتُ لَكَ اسمي، هل تَعِدُني بِأنَّكَ لَنْ تَضْحَك؟

عَدْنان: أعِدُكَ.

(يَهْمِسُ والِدُ الوَحْشِ في أُذُنِ عَدْنان. عَدنانُ يَضْحَكُ، ويَضْحَكُ، ويَضْحَكُ.)

١٦

المَشهَدُ السّادِسِ: المَدرَسة

(الوحْش، وحَمْدان، وفَيْروزة، ومُخْتار يَقِفونَ في طابورِ الغَداء.)

مُخْتار: وكيفَ حالُنا اليوم؟

الوَحْش: (يَزأَرُ) غَرررررر!

مُخْتار: ماذا بِكَ اليوم، يا عَدْنان؟ تَبدو غَريبًا بَعضَ الشَّيء.

الوَحْش: هل أنتَ مُخْتار؟

فَيْروزة: أخيرًا رَجَعْتَ، يا مُخْتار. عَدْنانُ يَنْتَظِرُكَ على أحَرَّ مِنَ الجَمْر. إنَّهُ غَريبُ الأطوارِ اليوم.

(يَنْزَعُ الوَحْشُ نَظّارَةَ عَدْنانَ، وإذا بِصاعِقةٍ، ورَعْدٍ، وزَئيرٍ، وصُراخٍ، وهَلَع. يُحاوِلُ الوَحْشُ أن يُطارِدَ مُخْتارًا. الأطفالُ يَجرونَ في كلِّ اتِّجاه.)

١٧

الوَحْش: مُخْتاااار!

(الأطفالُ يَصْرُخونَ رُعْبًا. يَنْقَضُّ الوَحْشُ على مُخْتار.)

الوَحْش: أنتَ! المِنْظارُ المُقَرِّب! الآن! فَوْرًا!

مُخْتار: لَيسَ مَعي! لَيسَ مَعي!

الوَحْش: (يَزْأَرُ) غرررررر! عَدْنانُ تَعيسٌ بِسَبَبِكَ. سَرَقْتَ مِنْظارَهُ المُقَرِّب. والآن ... يا مُخْتاري، يا سارِقَ المِنْظارِ، سَأَشْويكَ على النّارِ، ثمّ آكُلُكَ هَمْ! هَمْ! هَمْ!

(يَهُمُّ الوَحْشُ بأَكْلِ مُخْتار. تَدْخُلُ الآنِسَةُ لَميس الغُرْفة.)

لَميس: عَدْنان! أَوْقِفْ هذا العَبَثَ فَوْرًا!
اِذهَبْ إلى رُكْنِ الأَولادِ المُشاغِبينَ! الآن!

(يَلبِسُ الوَحْشُ نَظّارَةَ عَدْنانَ، ويَقِفُ في رُكْنِ الأَولادِ المُشاغِبينَ.)

لَميس: وسَتَبْقَى هناك حَتَّى آخِرِ اليوم.

المَشهَدُ السّابِعُ: تحتَ السَّرير

والِدُ الوَحْش: ماذا يَفعَلُ «كَروان» الآنَ، يا تُرى؟

عَدْنان: يَلهو، ويَلْعَبُ، ويَسْتَمْتِعُ مَعَ أَصدِقائِهِ. أَصدِقائي أنا.

والِدُ الوَحْش: أَنا لا أُريدُ أَن يَسْتَمْتِعَ «كَروان» بِوَقْتِهِ.

عَدْنان: رُبَّما هو لا يَلهو ولا يَسْتَمْتِعُ الآن. لا أَعرِف.

والِدُ الوَحْش: ولكن، في الوَقتِ نَفْسِهِ، أَنا لا أُريدُهُ أَلّا يَسْتَمْتِعَ بِوَقْتِهِ. مَتى سَيَعود؟

عَدْنان: بعدَ المَدَرسةِ مُباشَرةً. سَيَرِنُّ الجَرَسُ، وسَتَأتي والِدةُ فَيروزةَ لِتَأخُذَني... لِتَأخُذَهُ... وسَتوصِلُهُ إلى هنا.

والِدُ الوَحْش: رائِع! سَيَرجِعُ «كَروان»، وسَنَعيشُ كلُّنا مَعًا هنا، بِسَعادَةٍ وهَناء.

٢٠

المَشهَدُ الثّامِن: المَدرَسة

(نَسْمَعُ صوتَ رَنينِ جَرَسِ المَدرَسة. يَقِفُ الوَحْشُ حامِلًا حَقيبَتَهُ. الأطْفالُ يَنْصَرِفون. تَدْخُلُ فَيْروزةُ ومَعَها مُخْتار.)

الوَحْش: هل حانَ وَقتُ الرُّجوعِ إلى البيت؟

فَيْروزة: رُبَّما. أنا قُلْتُ لِوالِدَتي أنَّ والِدَتَكَ اِتَّصَلَتْ بي لِتَقولَ إنّها هي الّتي سَتَأْخُذُكَ مِن هنا اليوم، وهي الّتي سَتُعيدُكَ إلى البيت.

الوَحْش: رائع!

فَيْروزة: ولكنَّ والِدَتَكَ لَمْ تَتَّصِلْ بي. أيْ أنَّها لَنْ تَأْخُذَكَ من هنا اليوم. أنا كَذَبْتُ، ولكنَّ هذا الأَمرَ لا يَشْغَلُني كثيرًا. أنتَ كُنْتَ على وَشْكِ أن تَأْكُلَ مُخْتارًا. كُنْتَ على وَشْكِ أَن تأكُلَ المَدرَسةَ بأَكْمَلِها. أَزْعَجْتَ الجَميع.

الوَحْش: مُخْتار! أعْطِني المِنْظارَ المُقَرِّب.

فَيْروزة: مُخْتارٌ رَمَى المِنْظارَ المُقَرِّبَ في صُنْدوقِ إعادَةِ تَدويرِ المَعادِن. الآن، لا بُدَّ من أن يَكونَ المِنْظارُ المُقَرِّبُ مَسْحوقًا، وعلى وَشْكِ أن يُسْتَخْدَمَ في تَصْنيعِ شَيءٍ آخَرَ مُخْتَلِفٍ تَمامًا. هَيّا بِنا يا مُخْتار. سَنَتْرُكُ هذا المُزْعِجَ لِيَبيتَ هنا اللَّيلة.

(تَخْرُجُ فَيْروزةُ وهي تَجْذِبُ مُخْتارًا.)

المَشهَدُ التّاسِع: تحتَ السَّرير

والِدُ الوَحْش: تَأَخَّرَ «كَرَوان».

عَدْنان: تَأَخَّرَ جدًّا.

والِدُ الوَحْش: تَأَخَّرَ جدًّا، جدًّا.
يَجِبُ أن تَذهَبَ وتُحْضِرَهُ.

عَدْنان: لا يُمْكِن. ماما لا تَسْمَحُ لي بالذَّهابِ إلى المَدرَسَةِ وَحْدي.

والِدُ الوَحْش: لا يُمْكِنُ لي أن أخرُجَ مِن هنا.
أنا أعيش تحتَ السَّريرِ، والحَياةُ في الخارِجِ مُخيفة.

(يَخْتَبِئُ والِدُ الوَحْشِ تحتَ تَلِّ المُخَلَّفاتِ المُكَوَّمَةِ تحتَ السَّرير.)

المَشهَدُ العاشِرُ: مَلْعَبُ المَدرَسة

(يَقِفُ الوَحْشُ بِجوارِ بَوّابةِ المَدرَسة. يَدخُلُ مُختار.)

الوَحْش: كُنْتُ أَظُنُّ أَنَّكُمْ رَجَعْتُمْ إلى بُيوتِكُمْ، وتَرَكْتُموني هنا.

مُختار: لو تَرَكْناكَ هنا، لَكُنْتَ مُتَّ مِنَ البَرْد. أَو، الأَسْوأُ من ذلك، كانَتْ والِدَتُكَ لِتَغضَبَ لأَنَّكَ لَمْ تَرجِعْ مِنَ المَدرَسةِ إلى البيتِ مُباشَرةً. خُذْ هذا...

(يعيدُ مُختارٌ مِنظارَ عَدنانَ المُقَرِّبَ لِلوَحْش.)

مُختار: ما كانَ يَنْبَغي أَن أَحْتَفِظَ بِهِ، ولكنَّ شَكْلَهُ أَعْجَبَني.

الوَحْش: فَيروزةُ قالَتْ إنَّهُ الآن مَسحوق!

٢٣

مُختار: فَيروزةُ كانَتْ غاضِبَةً مِنكَ اليومَ، يا عَدْنان. كُنْتَ غَريبَ الأَطوار. يَدُكَ عَجيبةٌ، وعَيناكَ مُخْتَلِفتانِ، وتَفوحُ مِنْكَ رائِحةٌ مِثلُ رائِحةِ ما تحتِ السَّرير. أنتَ لَستَ عَدْنانَ الحَقيقيَّ، أَلَيسَ كذلك؟

(يَهُزُّ الوَحْشُ رَأْسَهُ مُوافِقًا.)

مُختار: ماذا فَعَلْتَ بِعَدْنانَ، هل أَكَلْتَهُ؟

الوَحْش: لا. إنَّهُ في البيت. في بيتِهِ. إنَّهُ يَنْتَظِرُني. يَجِبُ أن أرجِعَ ومَعي مِنظارُهُ المُقَرِّب. يَجِبُ أن أرجِعَ يا مُخْتار، ولكنَّني لا أعرِفُ الطَّريق. ساعِدْني من فَضلِك.

مُختار: وأنا مِثلُكَ، لا أعرِفُ الطَّريق. ما هو العُنوان؟

الوَحْش: لا أعرِف. أنا أعيشُ تحتَ السَّرير، ولا أعرِفُ شَيئًا عنِ الحَياةِ في الخارِج. ماذا سَنَفعَل؟

(يَجْلِسانِ، ويَشْعُرانِ بالقَلَق.)

٢٤

المَشهَدُ الحادِيَ عَشَرَ: غُرفةُ نَومِ عَدْنان

(يَخرُجُ والِدُ الوَحْشِ من تحتَ السَّريرِ، ويَفْرُدُ جِناحَيْهِ.)

والِدُ الوَحْش: سَأُحْضِرُهُ بِنَفْسي.

عَدْنان: ما أَجْمَلَ جِناحَيْكَ!

والِدُ الوَحْش: هناك مُشْكِلة. لا أعرِفُ الطَّريق.

عَدْنان: أنا أعرِفُ الطَّريق.

(يَصعَدُ عَدْنانُ ويَجلِسُ فَوقَ ظَهْرِ والِدِ الوَحْش. يَطيرانِ.)

عَدْنان: ها هي مَدرَسَتي!

والِدُ الوَحْش: ها هو ابني!

(يَنقَضّانِ على الوَحْشِ وعلى مُخْتارٍ، ويَقْبِضانِ عَلَيْهِما، ويَطيرانِ عائِدَيْنِ. مُخْتارٌ يَصْرُخُ بِهَلَعٍ. يَهْبِطونَ في غُرْفةِ نَومِ عَدْنان.)

والِدُ الوَحْش: آسِف. الهُبوطُ صَعْب. ولكِنَّ ابني، الآن، مَعي. كَروان! رَجَعْتَ بالسَّلامة!

(يَحْتَضِنُ الوالِدُ ابنَهُ.)

والِدُ الوَحْش: كيفَ كانَ يَومُكَ في المَدرَسة؟

الوَحْش: رائع! نعم! لا مَشاكِل. يومٌ رائع!

(يَنظُرُ الوَحْشُ داخِلَ حقيبةِ المَدرَسة.)

الوَحْش: آه! لا! لا!

مُختار: ماذا بِكَ؟

الوَحْش: لا! لَمْ يَكُنْ يومًا رائعًا بِلا مَشاكِل. بَلْ كانَ كارِثة! كان يومًا عَصيبًا! كُنْتُ الأَسوَأ في دَرسِ الرَّقْص. غَضِبَتْ فَيروزةُ مِنّي. غَضِبَ حَمْدانُ مِنّي. غَضِبَتِ الآنِسَةُ لَميسُ مِنّي. أمّا مُختارٌ، فَكُنْتُ على وَشَكِ أن آكُلَهُ. والآن، هَشَّمْتُ مِنظارَ عَدنانَ المُقَرِّب.

عَدْنان: لا تَنْشَغِلْ بِهذا الأمرِ كثيرًا، أنا كُنْتُ أُريدُ أن أرى أبي بِهذا المِنْظارِ، ولكن، لا مُشْكِلة.

٢٧

مُخْتار: ضَعوا أَيْدِيَكُمْ هكذا.

(يَسْتَخْدِمُ يَدَيْهِ على شَكْلِ المِنْظارِ المُقَرِّبِ.)

مُخْتار: أنا أَسْتَطيعُ أن أرى الصّينَ، أو القُطْبَ الشَّماليّ.

(مُخْتارٌ وعَدنانُ والوَحْشُ يَسْتَخْدِمونَ أَيْدِيَهُمْ على شَكْلِ المِنْظارِ المُقَرِّبِ.)

مُخْتار: هل تَرى والِدَكَ؟

(يَرَى عدنانُ والِدَهُ. يَبْتَسِم.)

عَدْنان: نعم. أراهُ. إنَّهُ بِخَيرٍ، شُكرًا.

(نَسْمَعُ صَوتَ مِفتاحٍ في البابِ، ثمّ صَوتَ ماما.)

ماما: عَدْنان! أنا هنا!

عَدْنان: إنَّها ماما!

مُخْتار: سَلام! أراكَ غَدًا!

(يَنْطَلِقُ مُخْتارٌ عائِدًا إلى بَيْتِهِ. الوَحْشُ ووالِدُهُ يَدْخُلانِ تحتَ السَّرير. يُمْسِكُ عَدْنانٌ بِكِتاب. تَدْخُلُ ماما.)

ماما: كيفَ كانَ يَومُكَ في المَدْرَسة؟

عَدْنان: كانَ يومًا عادِيًّا.

(تُغادِرُ ماما الغُرْفة. يَنْظُرُ عَدْنانٌ تحتَ السَّرير. لا يَرى الوَحْشَيْنِ.)

عَدْنان: (يُنادي) كَرَوان! أينَ أنتُما؟

(يَسْأَلُ عَدْنانٌ نَفسَهُ: هل كانَ هذا حُلْمًا؟ وفَجْأةً، يُطِلُّ الوَحْشُ ووالِدُهُ من وَراءِ السَّرير.)

الوَحْش ووالِدُ الوَحْش: بخخخخخخ!

٢٩

طَريقُ المَشاعِر

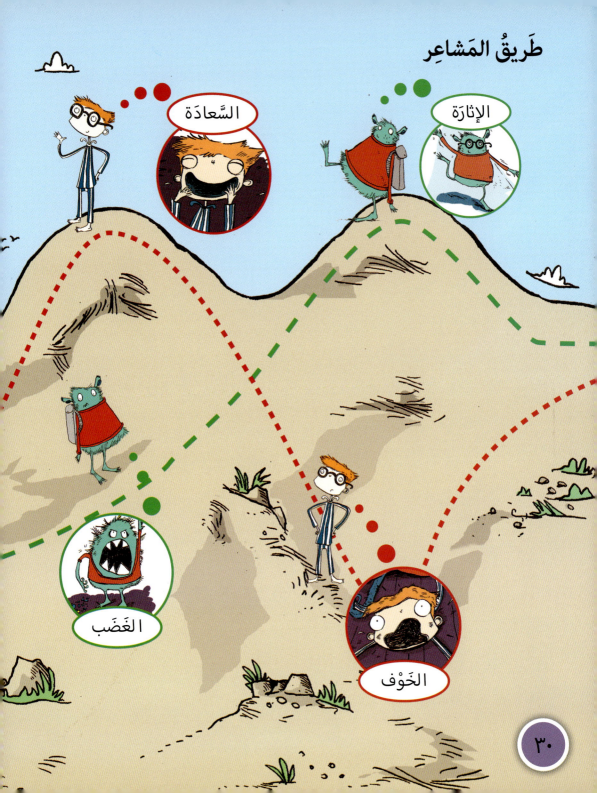

السَّعادَة
السَّعادَة
القَلَق
القَلَق
الحُزْن

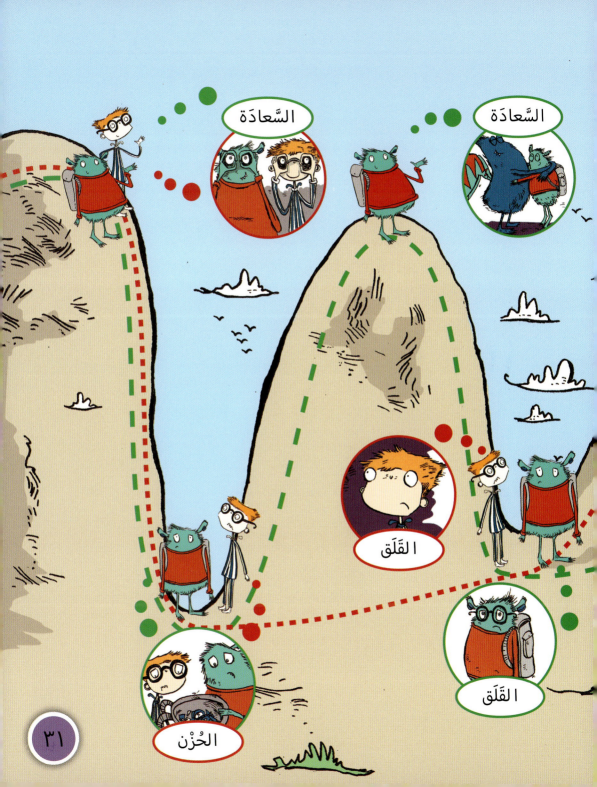

أفكار واقتراحات

الأهداف:
- قراءة أدوار الشخصيّات في نصّ مسرحيّ.
- قراءة نصّ خياليّ طويل نسبيًّا بسلاسة.
- توقّع الأحداث التالية في رواية خياليّة.
- قراءة المزيد من الكلمات الشائعة بدون تشكيل.

روابط مع الموادّ التعليميّة ذات الصلة:
- مبادئ التعرّف على النصوص المسرحيّة.
- مبادئ التعرّف على السرد والرواية.

مفردات جديرة بالانتباه: صوت أجشّ، عواقب وخيمة، منظار مقرّب، الإيقاع

الأدوات: انترنت، ورق، أقلام رسم وتلوين

قبل القراءة:

- هيّا نقرأ العنوان معًا. هل لاحظتم التشابه بين كلمتي "الخطير" و"السرير"؟ ماذا نسمّي مثل هذا التشابه؟

- انظروا إلى الصور ص ٢: تقديم الشخصيّات يعني أنّ الكتاب عبارة عن مسرحيّة خياليّة. ماذا تعرفون عن المسرحيّات؟ كيف تختلف عن الأفلام السينيمائيّة أو المسلسلات؟

- الأجزاء الّتي تكوّن المسرحيّة تسمّى "المشاهد". في رأيكم، هل هذا الاسم مناسب؟ لماذا؟

أثناء القراءة:

- انظروا إلى الصورة ص ٢: لكلّ شخصيّة لون مختلف. لماذا؟

- هيّا بنا نقرأ المشهد الأوّل معًا.

- انظروا إلى الجُملة ص ٣: "تدخل ماما." ما هو المقصود هنا من كلمة "تدخل"؟